poppies
vol. 2

goat

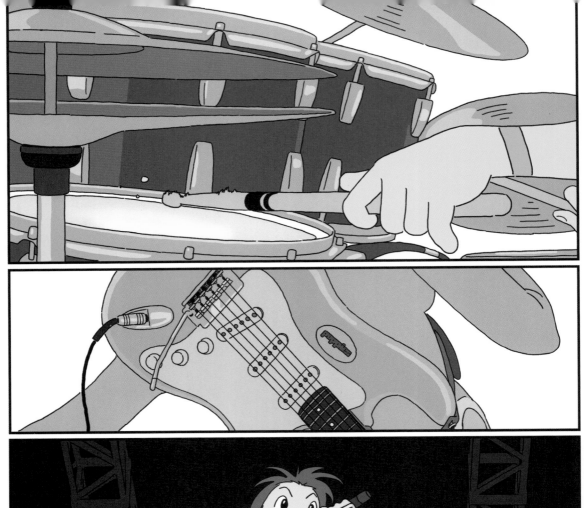

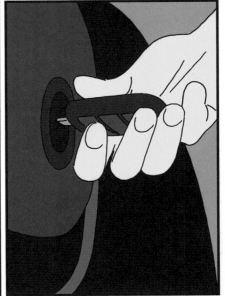

6

곡 쓴 거 한번
들어볼래요?

형.

지금?

오,
신곡이야?

네. 방금 후딱 만들어서
가사는 아직이지만…

방금
만들었다고?

빠르구만…

그래도 오늘은
좀 쉬지.
안 피곤해?

피곤…하긴
한데,

이러다가 까먹고
후회한 적이 한두 번이
아니라서, 생각난 김에
적어두려구요.

아,

그치, 그치.

뭔지 알지,
그런 거ー

12

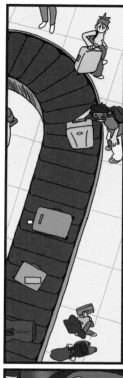

음, 좋다—

제주의 특별한 공기—

그런 게 따로 있어?

그러엄!

공연장 공기가 얼마나 안 좋은데.

다들 빠뜨린 건 없지?

넹—

어,

우린 여기 2번 게이트에 와 있는데.

아,

다 왔다고?

우지원이!

오랜만이네.

반가움이
부족하잖아!

얘들아,
인사해.

예전에
밴드 같이하던
정민.

안녕하세요!

그리고 여기는
포피스 친구들.

포피스!
드디어 영접하다니.

저
포피스 찐팬
이잖아요.

정말요?

아까도
운전하면서 계속
들었어요.

현재 씨
한테는 빚도
있고…

뭐, 아무튼.

짐부터
실을까요?

네!

다들 어때요?

보니까 거의 안 쉬고 쭉 달리신 것 같은데, 힘들지는 않아요?

힘들어요―

아까도 공연하다가 비행기 놓칠 뻔했다니까.

큰일 날 뻔했네.

두 분은 얼마 만에 만나는 거예요?

…한 2년?

벌써 그렇게 됐나?

그렇지. 클루 해체한 이후로 쭉 못 봤으니까.

그러고서 저는 바로 여기로 내려왔거든요. 고향이라.

지원이는 좀 더 해보겠다고 서울에 남고.

아무리 그래도 너는, 본가도 좀 들르고 하지.

어머님이 너 언제 내려오냐고 나한테 물어보시잖아. 너 이번에도 말씀 안 드렸지?

16

얘가 연락을 지인짜 안 해요.

너무하지 않아요?

저희한테도 그래요!

맞아. 단톡방에서도 공지만 올리질 않나ー!

아주 그대로구만?

오랜만에 봤는데 좀 봐줘라, 야.

감사합니다.

멋지다,
한정민!

좀 이따
글루 갈게.

이게…
지원이
형이라고?

그래,
나다.

깨학학!
이게 뭐야!

제대로
눈 버렸잖아!

그땐 다 저 머리
였다니깐ㅡ

19

보니까 머리만 문제가 아닌데요?

이거 맞아? 얼짱 각도?

응. 하두리 감성.

아, 알겠으니까 그만해…

현재 너까지…

진짜 웃기죠?

끼쟁이가 따로 없어 아주—

끼쟁이 양반. 거 요즘 너—무 점잖은 척하는 것 아니오?

맞아, 왜 점잖은 척해!

리더여, 본모습을 보여라!

너무 재밌네. 더 찾아볼까요?

네!!!

이번엔 또 뭐냐?

앗, 아니!

아, 찾았다!

히익

개봉박두!

이건 진짜
못 봐주겠어! 아니
수염 뭔데!

정말 괜찮겠어?

짐이
이렇게
많은데.

데려다준다니깐.

괜찮아.
너도 많이 피곤할 텐데.

택시도 불렀고,
숙소 방향도
반대잖아.

......

그럴 리가 없잖아!

다행히도 그럴 일은 일어나지 않았지만,

만약 포피스가 잘 풀리지 않았다면, 전 어떻게 됐을까요?

재미없냐.

깜짝이야.

안 자고 있었어?

밴드 재미없냐고.

갑자기 무슨 말이야?

재미없다니, 그럴 리…

펏

자기 말만 하고 자버리다니.

점잖은 척이나 하고 말이야.

25

내기할래?

지원이 형
어디 갔는지?

장 보러 간 거 아냐?

"어디 좀
다녀올게."는
장 보러 갈 때
쓰는 말이 아냐.

가르치려
들지 마.

오후 3:11

ㅋ ㅋ

지원 ㅇㄷ?

오후 6:45

......

어제 일
기억하는 사람
없어?

깜짝이야!

우리가
실수한 게
분명해.

아니, 그래도
그렇지.

설명이라도
해줘야
사과를 하든지
할 거 아냐.

갑자기
사라지면
어쩌잔 거야.

누나, 혹시 어제
택시에서
지원이 형한테 한 말

기억나요?

엥, 아니?

왜?

?

현재,
지원이 형 방은
왜?

역시…

없다…!

현재야,
뭐 찾아?

안 보여요!

사람을 거기서
찾으면
어떡해?

그게
아니라,

사라졌어요.

지원이 형
베이스.

미안.

화장실 좀
들르느라.

긴장했냐?

야, 당연한 거
아냐?

얼마 만인데.

그러게.

……

어라?

포피스분들 아직 안 오셨나?

아, 그게…

너 설마…!

멤버들한테 말 안 했어?

도사네.

그냥 어디 좀 다녀온다고…

최소한의 핑계도 없잖아…

나도 알아.

이러면 실례인 거.

그치만 멤버들은 이런 모습 별로 안 좋아할걸.

답답한 거 여전하네.

보아하니…

네 걱정 엄청 하고 있을 것 같은데…

사실 나 뻥쳤어!

사…

잉?

어제 차에서 한 말 기억 안 난다는거, 거짓말이야.

우지원한테 막 뭐라 한 건 아닌데…

포피스 재미없냐고 그랬어. 점잖은 척한다고.

만, 만약 오빠가 포피스 안 한다고 하면 어쩌지?

그럼 전부 내 탓이잖아.

뭔 소리야!

포피스를 왜 안 해? 공연 한번 딴 사람 이랑 하는 것 같고.

그치만 둘이 엄청 어울릴걸? 포피스보다?

어울리긴!

지원이 형은 포피스를 결성한 사람이야. 리더라고, 리더.

그런 사람이 밴드를 왜 떠나? 안 그래, 현재야?

……

정민과는 학창 시절부터
종종 베이스 듀엣 연주를
했습니다.

비가 세차게 내리는 날,
부딪히는 빗방울 소리에 집중하자면

주변은 사라지고
근원 모를 고요와 안정만 남았습니다.

빗방울 소리라도 듣듯,
두 대의 베이스에 숨 죽여
집중하는 사람들.

다른 연주에서는 쉽게 느끼지 못할
소리가 분명해요.

짝
짝
짝

감사합니다!

앵콜!!!

앵콜!
앵콜!

앵콜!

어쩌지,
맞춰본 건 이게
다인데.

동영 씨!
앵콜!

조명 좀
내려줘!
앵콜!
앵콜!

그냥
넘어가기
쉽지
않겠는데.

잼이라도 할까?

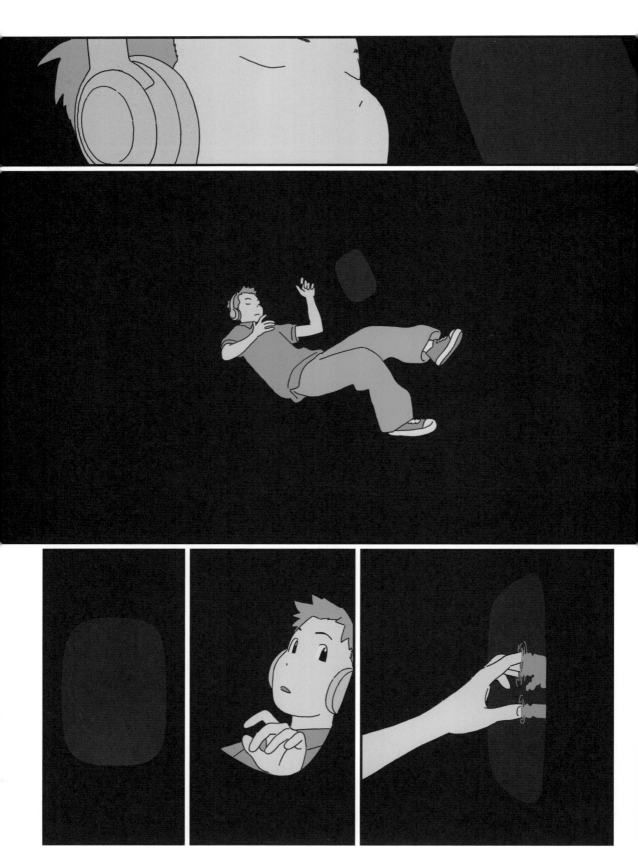

그 길…

…위에서.

Fin.

Interview

인터뷰어
김미래

인터뷰이
윤재안

제2의 고향 경기도 구리시. 중3 때 이사 온 후로 쭉 지내온 곳입니다. 고등학교는 타 지역으로 입학했기 때문에 동네 친구가 적어, 주로 카페로 작업하려 가기 위해서만 구리를 경험하는 느낌입니다. 수도권 도시치고는 작은 편이기 때문에, 전기 자전거만 있으면 어디든 금방 갈 수 있습니다. 몇 년 뒤면 다른 어떤 곳보다 오래 머문 도시가 되겠네요.

mbti ISFP

취미 최근 수영을 시작했습니다. 틈틈이 하던 러닝을 멈추게 한 녀석입니다. 어릴 때 오리발로 맞아가며 배운 덕에 몸이 영법을 기억하고 있었습니다. 다이어트를 위해 시작했는데 생각보다 재미있고 힘들어요.(과연 출간 전까지 이 취미를 유지할 것인가!)

좋아하는 것 빅맥 세트(10년째 단일 메뉴 고수 중), 빈티지 원목이나 미니멀한 철제 가구

싫어하는 것 환절기마다 찾아오는 비염

「poppies vol. 1」 이후로 1년 반여가 흘렀다. 그동안 어떻게 지냈는가.

벌써 1년 반이 되었군요! 하긴 지난 출간 기념 전시 때를 생각하면 꽤 시간이 지난 느낌이 들긴 해요. 저는 4학년으로 복학을 했다가, 마지막 학기를 앞두고 다시 휴학했습니다. 그 후로는 이런저런 외주 작업들을 하며 지내왔어요. 아, 그리고 드디어 운전 면허를 취득했습니다! 처음에는 거대한 살인 병기를 모는 느낌이었는데, 지금은 꽤 편해졌어요. 서너 시간 운전도 거뜬합니다.

작업실에 대한 욕망도 점점 커지고 있습니다. 미팅을 자주 하다 보니 마포 쪽을 왔다 갔다 하는데, 근처에 집이나 작업실이 있다면 얼마나 좋을까 하는 생각이 부쩍 많이 들더라고요. 그래서 그런지 가구들도 열심히 찾아보게 됩니다. 한편 애인이 고양이 '매기'를 입양해서 매기랑 친해지는 시간을 보내고 있어요. 자연히 고양이 유튜브도 자주 보고요.

「poppies vol. 2」의 주제 잡기가 쉽지 않았을 것 같다. 휴가라는 힌트는 어디서 얻었는지?

휴가라는 소재는 원래 포피스의 첫 번째 만화책을 구상하던 시기 나온 아이디어였습니다. 현재도 그렇지만, 당시에도 코로나로 인해 멀리 맘 편히 가지 못했기 때문에 여행에 대한 갈증이 컸고, 포피스 멤버들이 넓은 바닷가에 있는 모습을 떠올린 것이 그 출발이었습니다. 비행기로 떠났던 이번 이야기와는 다르게 자동차를 타고, 뒷좌석에서는 원영이가 우쿨렐레로 걸(Girl)의 「아스피린」을 부르는 장면으로 시작하는 이야기였어요. 평소랑은 다른 지원의 모습을 모두가 이상하게 여기는 분위기를 구상했습니다. 하지만 이런 이야기를 하기에는 당시 인물들에 대한 정보가 너무 적었기에 다음으로 미루고, 작업실에서 앨범을 기획하는 좀 더 가벼운 이야기를 풀게 되었죠.

여행물이니만큼 여행지가 단순한 무대 이상이다. 물론 '단순한 무대'라는 말은 포피스에게 어울리지 않지만, 로케이션의 이유가 궁금하다.

아무래도 저에게 가장 익숙한 여행 장소이기도 했고, 무엇보다 멤버들을 비행기에 꼭 태우고 싶었습니다. 비행기가 여행의 설렘을 극대화해주니까요. 그렇게 국내 여행지를 비교하다 보니 제주에는 적수가 없었습니다.

작년 2월과 9월에 제주도를 한 번씩 다녀오기도 했어요. 로케이션을 목적으로 간 것은 아니었는데, 경험이 크게 작용하다 보니 두 번의 여행 기간 들렀던 장소들을 등장시켰네요. 2월에는 자전거로 제주도를 한 바퀴 도는 자전거 일주를 했답니다. 해안을 내내 오른편에 두고 쭉

여행 가는 길의 초조함과 설렘이 한데 느껴지길 바라는 마음을 담아 그렸습니다. 공연이 끝난 후, 정체구간을 뚫고 공항에 도착하는 데까지 속도를 한껏 내다가 제시간에 겨우 도착해 안심하는 포피스와 함께 독자분들 또한 마침내 크게 한숨 내쉬길. 멤버들이 비행기 타기 전 탑승구를 통해 걸어가는 컷을 특히 좋아합니다. 전의 긴장이 풀어지면서 본격적인 이야기가 시작되는 지점이죠.

포피스라는 엄연한 시리즈를 이끄는 선장으로서 장차의 계획을 들려달라. 이를테면 vol. 3 발간은 언제쯤이 될까.
선장이라는 단어가 마음에 드네요! 저는 포피스가 만화 속 가상 인물로 존재하는 것을 넘어서, 사람들에게 실체가 있는 밴드로 여겨지는, 설득력 있는 시리즈가 되기를 바랍니다. 만화와 음악 또는 다른 콘텐츠가 원작과 멀티유즈의 개념이기보다는 모두 하나의 밴드로 맞물려 굴러갔으면 해요.

이번처럼 만화에서 곡을 만들면, 실제로도 곡이 발매되고 하는 식으로요. 전시가 끝나면 곧이어 짧은 웹툰을 소개해드릴 예정인데요. 거기서 밴드의 결성 과정을 다뤄보려고 합니다. 계속해서 이야기와 음악이 함께한다면, 언젠가는 공연장으로 여러분을 초대할 날도 오지 않을까요? 아직 3권의 구체적인 계획은 없지만 1, 2권 사이의 텀보다는 짧으면 좋겠어요!

「poppies vol. 1」이 데뷔를 그린다면 「poppies vol. 2」는 안정기의 방황 내지 매너리즘의 문제를 다루고 있다. 작가 본인도 창작가로서 슬럼프를 겪은 경험이 있나.

달리다 보니 바다를 원 없이 본 것 같은데, 여행 동안 짧게나마 생각을 비우고 달릴 수 있어서 좋았습니다. 원래는 한 숙소에서 오래 머무는 것을 선호하는데, 매일매일 다른 숙소에서 묵는 것에서도 나름의 재미를 배운 여행이에요.

9월에는 내부가 황토로 마감되어 있고 시골집이 연상되는 평대리의 작은 숙소에 머물렀는데, 양은 테이블과 주전자, 두꺼운 TV와 오래된 원목 수납장, 귀여운 오브제나 타일이 기억에 많이 남습니다. 결국 이번 만화에서 멤버들이 묵게 된 장소가 되었죠.

기억에 남는 몇 군데를 추천해드리자면, 거대한 운석이 땅에 박혀 있는 듯한 산방산 & 바이킹, 하얀 정장을 입은 사장님이 점검차 방문하여 고기를 잘라주시는 모습이 인상적이던 돔베고기 전문점 천짓골식당, 그리고 다양하고 재미있는 형태의 주택들이 모여 있어 감상하듯 산책하기 좋은 저지예술인마을이 있습니다. 그리고 자전거 일주는 꼭 한번 가보세요!

이번 만화의 많은 장면이 평온한 분위기를 준다. 그리면서 스트레스를 받는 장면은 없었을 것 같은데 그중에서도 그리기 가장 즐거웠던 장면은 무엇인가.
책을 펼치고 첫 대사가 나오기 전까지의 장면을 좋아해요. 공연을 마치고 급하게 비행기를 타러 가는,

저는 원래 슬럼프를 크게 겪는 타입은 아닙니다. 애초에 귀찮음이 많은 성격이고, 쫓기는 기분으로 작업한 적이 별로 없어요. 뭐든 '적당히'에 만족하고, 아쉬운 마음은 다음 작업을 위한 거름으로 삼으려고 합니다. 그런데 요즘은 일이 많아지다 보니, 버겁다는 느낌이 들 때도 있어요. 작업에만 몰두할 수 있다면 좋겠지만, 프로젝트의 규모도 커지고, 앞으로 생길 아쉬운 점은 점차 포기하기 어려운 것들이 되는 것 같거든요. 자신감이 조금씩 떨어지는 요즘이지만, 모두 욕심 때문에 그렇다는 것도 잘 압니다. 만약 욕심만큼 잘 안 풀리게 되면, 또 다른 걸 시도해보려고요.

이번 만화의 주인공은 지원이지만, 정민이라는 인물이 눈에 들어왔다. 야심을 실현하기 위해 도시로 떠나온 지원과 달리 정민은 여전히 지역에 뿌리를 둔다.

어찌 보면 지원은 다른 멤버들에 비해 포피스를 순수하게 임하기엔 생각해야 할 것들이 많습니다. 자신 스스로 가지고 있는 의심을 떨치지 못한 채 활동을 하다 여행지를 앞에 두고 긴장이 점점 커져만 가고, 감정에 충실한 채로 음악하던 클루 시절이 떠오른 것이겠죠. 정민은 그런 감정을 읽어나가는 과정에서 자연스럽게 탄생하게 되었습니다. 지원 심리의 진폭을 극대화하려는 제 나쁜 의도로 말이죠. 처음에는 제주의 재즈 펍에서 우연히 만난 후, 멤버들에게는 둘의 사이를 숨긴 채 따로 만나는 전개를 구상했는데, 분위기가 묘해질 것 같아서 정민이라는 캐릭터를 그런 식으로 소비하고 싶지 않더라고요. 그래서 애당초 포피스와 정민의 예정된 만남을 성사시키는 설정으로 방향을 트니, 이야기가 더 설득력 있게 다가왔습니다. 정민에게도 서사를 부여할 여지가 많아지고, 지원이가 비행기 안에서부터 자신이 흔들릴 것을 직감한 듯 긴장하는 분위기가 마음에 들어요.

이 작품은 정민의 이야기이기도 합니다. 정민 또한 지원을 보며 어린 날을 회상하고, 함께 연주를 하며 달랐을지도 모르는 서로의 미래를 상상했을지도 모릅니다. 둘은 마지막에 멋진 합주를 하지만, 공연이 끝난 후 둘이 어떤 대화를 나눴을지는 온전히 우리의 상상에 달려 있죠.

포피스의 여전한 독자들에게 전하고 싶은 말
두 권 모두 구입해주셔서 감사합니다. 2권도 재미있게 읽으셨나요? 1권은 여러분들께 포피스와 멤버들을 가볍게 소개하는 홈비디오스러운 자리였다면, 2권은 본격적인 밴드의 이야기를 다룬 작품이랄까요. 조금 더 밴드의 깊은 영역을 다루고자 하는 마음이 담긴 책입니다. 1년 반의 시간이 지나면서 저 또한 멤버들을 대하는 태도가 달라졌어요. 4년 전 처음 포피스라는 이름을 만들었을 때는 인물 간의 외형적 밸런스에 치중했다면, 두 번의 출간을 거쳐오면서 점점 이들의 다른 모습들, 여백들이 채워지는 기분입니다. 이들의 과거, 목소리, 음악 또는 만화에 등장하지 않은 일상의 모습 등 여러분들이 포피스를 어떻게 상상하실지 떠올려보는 것도 제 큰 즐거움 하나입니다. 여러분들의 머릿속에서 포피스가 움직이고 있을까요?

지난번에 권해준 음악을 자주 듣고 있다. 나와 비슷한 독자를 위해 플레이리스트를 일부 공유해준다면?
자주 들어주셨다니 영업 성공이네요! 놀랍게도 1년 반이 흐르는 기간 동안 휴대폰에 있는 제 플레이리스트는 크게 변하지 않았습니다. 친구들이 선물해준 CD플레이어로 여전히 쥬디앤마리(Judy and Mary)와 램프(Lamp)의 곡들을 자주 들어요. 저는 앨범 단위로 음악 듣는 것을 좋아하는데, 반복해서 듣다 보면 어느 순간 '이 곡 뒤에는 요 곡이 나오겠구나.' 하는 감이 찾아옵니다. 그러면 '나 이 앨범 꽤 들었군.'이라고 속으로 뿌듯해하죠. 최근에는 잔나비의 2021년 발매작인 「환상의 나라」가 그런 목록에 들어갔습니다. 듣다 보면 앨범 전체가 한 편의 뮤지컬처럼 느껴지는데, 특히 네 번째 트랙 「로맨스의 왕」을 가장 많이 들었어요.

크리스탈 티의 「핑크 무비」라는 앨범도 추천하고 싶어요. 친구의 공유 덕에 듣게 되었는데, 듣자마자 포피스가 떠오를 정도로 제 상상 속에 있던 포피스의 보컬과 많이 닮았어요. 신승훈의 「내일이 오면」, 원더스(The Wonders)의 「댓 싱 유 두!(That Thing You Do!)」, 나상현씨밴드의 「덩그러니」도 들어보세요. 🐾

poppies
vol. 2

poppies vol. 2

1판 1쇄 찍음 2022년 9월 11일
1판 1쇄 펴냄 2022년 9월 17일

글 · 그림. 윤재안
편집. 김미래
디자인. 황석원

펴낸이. 김태웅
펴낸곳. goat
출판등록. 2016년 6월 1일 제2018-000235호
주소. 서울시 마포구 백범로48 2층 SPINE

goat는 종이를 별미로 삼는 염소가
차마 삼키지 못한 마지막 한 권의 책을
소개하는 마음으로 알려지지 않은 책,
알려질 가치가 있는 책을 선별하여 펴냅니다.

🌐 jjokkpress.com
📷 jjokkpress